とある一杯の物語

はとばゆき・文
ＪＵＮ・絵

文芸社

とある一杯の物語　もくじ

第一話

私は何も知りません

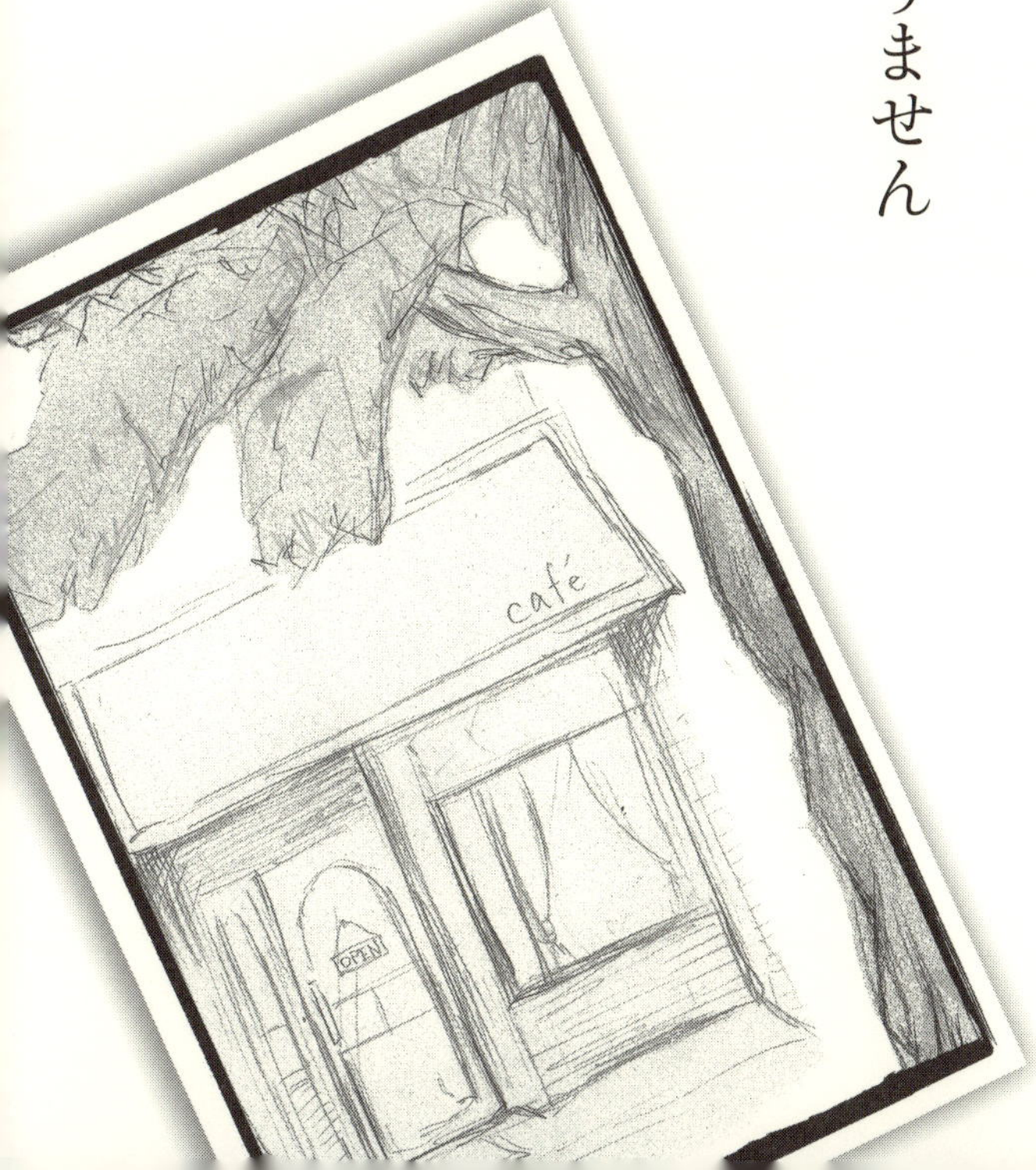

とある町の
とある通りの
とある大きな木の前に
小さな喫茶店がありました。

ほんの少しだけ世界が違うような店内に、いつも穏やかな笑みを浮かべているマスターと、コーヒー豆の入った瓶、紅茶の葉っぱの入った缶が並んでいました。

ある日、ほんの少しだけ疲れた感じの品の良さそうな老紳士が、重い扉を開けて喫茶店に入ってきました。

その人は席につくと、マスターに一言だけ聞きます。
「ここのおすすめは何かな?」
マスターは、いつもどおりの口調でゆっくりと答えました。
「コーヒーですが、紅茶も良いものがたくさんあります。お客様には、紅茶のほうがよろしいのでは？」

その言葉に、老紳士は不思議そうな顔をしますが、少しだけ意地悪になりました。

初めて来た店の、初めて会うマスターが、自分に一体何をすすめてくるのだろうと。

そんな気持ちを込めて、

「それなら、きみのおすすめにしよう」

と老紳士は言いました。

マスターは、かしこまりました、と言って拭いていたカップを置くと、何かをいれ始めます。しばらくして出てきたのは、少しだけ大人の香りのするロイヤルミルクティー。

老紳士はそれを一口飲むと、ほぅ、と息をつきました。

「これはとても美味しい、甘さも丁度いい。しかしきみはなぜ、これを僕にいれてくれたんだい？」

その言葉に、マスターはかすかな笑みを浮かべて言いました。

「気に入って頂けたなら幸いです。それは私がお客様にこれをお出ししたいと思ったのではなく、お客様が飲みたいとお思いになったから、私にいれさせて下さったのでは？」

その言葉に、老紳士はひどく驚きました。

「どうして、きみはそう思えるんだ?」

「あの重い扉を開けて、入ってきて下さったからです」

その言葉に、老紳士は目を細めると、ありがとう、とだけ答えました。


それから老紳士は、たびたびそのお店を訪れるようになりました。

カウンターの端から三番目の席が、老紳士のお気に入りになり、座るとかならず「きみのおすすめを」とだけ注文します。

マスターはそれを聞くと、いつもの穏やかな笑みを浮かべて、「かしこまりました」とだけ答えます。


オレンジの入った紅茶、ジャムの入った紅茶、リンゴの香りのする紅茶、時にはアイスティーや、ごくまれにココアだったり。時には最初に出されたロイヤルミルクティーだったり。

けれどどれも、老紳士がほっと息をつくものばかりでした。

ある日、ほんの少しの間が空いて、老紳士が車椅子の女性を連れて訪れました。

その女性は、老紳士の手を借りて、老紳士のお気に入りの席のとなりに座ると、にっこりと笑ってこう言いました。

「あなたのおすすめを下さいな」と。

マスターは相変わらず、いつもの笑みを浮かべて「かしこまりました」とだけ答えます。

そうして出されたものは、老紳士に最初に出したロイヤルミルクティー。けれど僅かに香りの違うそれに、マスターはゆっくりと答えました。

「はちみつの良い物が入りましたので」

一口飲んだ女性は、老紳士と同じように、ほぅ、と息をつきました。そうしてカップを幸せそうに持ったまま、マスターに尋ねます。

「どうして私にこれを出して下さったの?」

マスターは、笑みを深くしてこう言いました。

「また来たい、と思っていただけるようにです」

その言葉に、二人はとても驚きました。けれどすぐに女性は、マスターと同じくらい穏やかな笑みを浮かべ、そっとカップを撫でて言いました。

「そうね、また来たいわ」と。


それから何か月も、老紳士はその店を訪れませんでした。

外の大きな木がすっかり模様替えを終えたころ、老紳士が、重い足取りで店を訪れました。

いつもの席に座りますが、老紳士は何も言いません。けれどマスターは何も聞きません。

静かな店内に、ただうつむいて座る老紳士と、いつもと何も変わらないマスターがいるだけです。


どれくらいの時間が過ぎたのか、微かな音で老紳士が顔を上げると、自分と、そのとなりの席にカップが置いてあります。入っているのは、初めてここを訪れた日に飲んだものと同じ、ほんの少しだけ違う香りのするロイヤルミルクティーでした。

不思議そうに見つめる老紳士に、マスターは言いました。

「奥様にも、おなじものを」

驚いた顔をした老紳士が、やがて震える手でカップを持ち上げると、それは最初にここに来たときと同じ香りがしました。

そしてそれが何かを知った老紳士は、静かにマスターに言いました。

「きみは、全部知っているのかい？」

マスターは、いつもの深い笑みを浮かべて言いました。

「私は何も知りません。

私が何か知っていると感じるなら、
それはお客様が、だれかに何かを知ってほしい、とお望みなのでは？」

それに息を詰まらせた老紳士は、やがてゆっくりと深呼吸すると、ひどく静かな声で言いました。

「聞いてくれるかい？」

マスターは穏やかに答えます。

「私で良ければ、お聞かせ下さい」

それから老紳士は、ぽつりぽつり話し始めました。

以前連れてきた女性は老紳士の奥さんで、この近くの病院に入院していたこと。

初めてここに来たとき、もう長くは生きられないと言われたこと。

それを知った奥さんが、ここに来てみたいと言ったこと。

そして、もう一度行きたいと、ずっと言っていたこと。

「あの人は、薬のせいでお酒が駄目だったんだ。でも彼女は、僕と同じものが飲みたいとずっと言っていた。だからあの日、きみがいい蜂蜜が入ったからといれてくれた、あの甘い紅茶がとても気にいっていたよ」

そうして、自分のとなりに置かれた、今日は大人の香りのするカップに、老紳士はにっこりと微笑みました。

「どうだい、美味しいだろう？　いつもきみばかり素敵な喫茶店を見つけてくるから、たまには僕だってきみにすすめたかったんだよ」

やがてありがとう、と言葉を残し、老紳士はその席を立ちました。

マスターはそれにもいつもと変わらぬ笑みを浮かべると、はっきりと言いました。

「またおこし下さい、奥様とお待ちしています」

その言葉に老紳士は驚いた顔をすると、やがて少しだけ目元を拭いました。

「そうだね、ここにいた彼女はとても嬉しそうだった。ここにくればあのときの彼女に会える。また、必ず来ますよ」

その言葉に、マスターはお待ちしております、と言っておじぎをしました。

とある町の
とある通りの
とある大きな木の前の
小さな喫茶店で
今日もマスターはお客さんを待っています。

café
OPEN

第二話

たまにはミルクもいかがですか

とある町の
とある通りの
とある大きな木の前に
小さな喫茶店がありました。

ほんの少しだけ世界が違うような店内に、いつも穏やかな笑みを浮かべているマスターと、コーヒー豆の入った瓶、紅茶の葉っぱの入った缶が並んでいました。


「マスター、いつもの」

勢いよくドアが開き、マスターが「いらっしゃいませ」と言うより早く、スーツ姿にネクタイの少し太めの男性はそう言って入り口に近い席に座りました。

マスターはそれに驚くことなく、いつもの笑みを浮かべ、

「かしこまりました」

と、穏やかな口調で言いました。

その男性は出されたお水を一口飲むと、とても満足そうに店内を見回します。

これはこの男性の癖で、最後にマスターを見て、嬉しそうに言うのです。

「うん、相変わらずいい店だね。いつか娘を連れて来たいよ」と。

「いつでもお待ちしておりますよ」

そう言うマスターに、その男性は寂しげに笑います。年頃になったせいか、自分をひどく嫌うようになってね、と言いながら。

「楽しい話をしようとしても、うるさい、うざい、関係ないばかりでね。以前は、あんなにいろいろ話してくれたんだけどねぇ」

そう言う男性に、マスターはいつものオリジナルブレンドのコーヒーを差し出しました。

そうしていつもならつけない、小さなミルクポットをそっと添えます。

不思議そうに見つめる男性に、マスターは変わらない笑みを浮かべました。

「たまには、娘さんと同じことをなさってはいかがですか?」

その言葉に、男性は驚いてマスターを見つめました。何も言わず笑みを浮かべるマスターに、男性も少しだけ笑うと、そのミルクをコーヒーに入れました。

自分を映していた黒いそれが、柔らかな茶色に変わるのを見つめながら、男性はそれをゆっくりと飲みます。

そうして飲み終わると、ほぅ、と息をつきました。

「美味しいコーヒーは、ミルクを入れても美味しいものだね。初めて知ったよ、ありがとう」

そう言う男性に、マスターはいつもの笑みを浮かべておじぎをしました。


それからしばらくして、今度はゆっくりとドアを開けて男性が入ってきます。

けれどマスターは、その勢いのなさに驚くこともなく、いつもの笑みを浮かべて、いらっしゃいませ、と声をかけました。

男性は静かにいつもの、とだけ言ってお気に入りの席に座ると、少しうつむいてテーブルを見つめていました。

その様子を少しだけ見つめたマスターは、申し訳なさそうに言いました。

「大変申し訳ありませんが、今日はあの豆を切らしてしまっています。もしよろしければ、私のおすすめではいかがですか？」

男性は明らかに落胆した色を見せますが、じゃあそれで、と力なく言いました。

マスターはいつもの笑みを浮かべて「かしこまりました」と答えました。


やがてコーヒーのこうばしい香りがたちこめると、ミルクポットと一緒に男性にカップが差し出されました。

「今日も、ミルクをお使いになったほうがよろしいのでは？」

その言葉に、男性は目を丸くしてマスターを見ました。

「きみは、何か、知っているのかい？」

マスターは、深い笑みを浮かべて言いました。

「私は何も知りません。
私が何かを知っていると感じるなら、
それはお客様が、だれかに何かを知ってほしい、とお望みなのでは？」

その言葉に、男性は息をのみ、やがて力なく笑って言いました。

「そうだね、聞いてくれるかい?」

マスターは穏やかに答えます。

「私で良ければ、お聞かせ下さい」

男性は溜息まじりで話し始めました。

先日、会社の健康診断でひっかかり、再検査でおなかに影があること。

近所の病院で診てもらったところ、この近くの大きな病院に行くように言われたこと。

自分の父親も同じ病気で、自分が幼い頃に亡くなっていること。

「父が早くに亡くなって、僕は学生の頃から働いていた。だから娘には、そんな苦労はさせたくないんだ。幸い蓄えもあるし、保険もきちんとしてある。僕が死んでも、困ることはないと思うんだ。だけど……」

そう言って何も言わなくなった男性に、マスターは小さな包みを差し出しました。

これは? と尋ねる男性に、マスターは変わらない穏やかな口調で言いました。

「いつものコーヒーがお出しできなかったせめてものお詫びです。よろしければ、娘さんとどうぞ」

男性は、ありがとう、と言ってそれを受け取りました。


ふわり、とひとりぼっちのリビングに、甘い香りが漂いました。

大きい病院での検査を終えた男性が、自宅でマスターからもらったものをいれたのです。

それはとてもよい香りと、あまずっぱい味のする紅茶で、男性はどこか懐かしいそれをゆっくりと味わいました。


本当は、別の部屋に娘さんがいるのですが、男性は声をかけることができませんでした。

そのことを心の中でマスターに詫びたとき、娘さんがリビングに入ってきました。

「何飲んでんの？」

スマホを片手に持った娘さんが、ぶっきらぼうに尋ねます。男性はそれに静かな口調で答えました。

「いきつけの喫茶店のマスターからもらった紅茶だよ。懐かしい味がするんだ」

その言葉に、娘さんが不思議そうに視線を向けました。

いつもへらへらと笑う父親が嫌いだった娘さんは、いつもと違うその様子に、スマホをテーブルに置きました。

「そんなに紅茶飲んでたの？」

「違うよ、この香りが、むかし食べたりんごみたいなんだ。お父さんの田舎は東北で、りんごの木がたくさんあってね。その中でもお父さんの地元のとれたてのりんごは、花の香りがするんだ」

そう言って紅茶を一口飲んだ男性は、少しだけ目を細めました。

「こっちでは、どんなにとれたて新鮮って言っても、あの香りはしない。あれはあの場所に住む人達だけの、りんごの木がくれた贅沢品だったんだなあ。お前にも、食べさせてやりたかったなあ」

そんなのいつでも行けるじゃん、と言う娘さんに、男性は笑って言いました。

「お父さん、病気みたいなんだ。おなかに影があるんだって。まだわからないけど、お前のおじいちゃんも同じ病気で死んでるんだ」

目を見開いて固まる娘さんに、男性は慌てて言いました。

「ま、まだ決まったわけじゃないんだ。例え万が一のことがあっても、お金はあるし保険もある。お前とお母さんは、何の心配もいらないよ」

それを聞いた娘さんは、無言でスマホを握り締めて部屋を出ていきました。


それから数日後、男性がふらふらと喫茶店を訪れました。

マスターの「いらっしゃいませ」と言う言葉に、「ああ」と気の抜けた返事をします。

いつもの席に座っても、ただぼんやりと目の前を見ているだけです。

そんな男性に少しだけ苦笑を浮かべたマスターが、この前と同じコーヒーを出します。

それをぼんやりと見ながら、男性はぽつりと言いました。

「異常なしだって」

それは良かったですね、とマスターはいつもの笑みを浮かべて言いました。

「影、どこにもなかったって」

それはおめでとうございます、とマスターはいつもの口調で言いました。

「他に悪いとこ、何もなかったって」

これで一安心ですね、とマスターはいつもの手を止めずに言いました。それに頷いた男性は、ようやくコーヒーを一口飲みました。

けれど自分の思っていたものとは違う味に、思わずマスターに言いました。

「今日も豆がないのかい？」

マスターは少しだけ眉を下げて、申し訳ありません、と答えました。やっと安心できたと思った男性は、前回よりも激しく落ち込みます。

すると、すぐに違うカップが出されました。

一口飲むと、それは男性が飲みたがっていたあのオリジナルブレンドです。どうして、と言う男性に、マスターは静かに言いました。

「豆がない、と私は言っておりません」

そうだけど、じゃあなんで、と言う男性に、マスターは少しだけ視線を落として言いました。

「いつもあるコーヒーがないだけで、人は落ち込むものです。もし、これが『いつもいるだれか』なら、どれほど悲しむものでしょうか？」

その言葉に、男性ははっとします。

そうしてマスターは、小さなミルクポットを差し出して言いました。

「ご自分を大切にしない方は、どなたも大切にできないと、私は思います」

男性は少しだけ目を瞬かせると、ありがとう、と言ってミルクを手にとりました。


男性が家に帰ると、リビングで娘さんが幾つもパンフレットを広げています。驚いて見つめる男性に、娘さんが怒ったように言いました。

「これから私、免許取るから。車を運転できるようになったら、一緒にお父さんの田舎行く。

それでとれたてのりんご食べるから。だから、ちゃんと病気治して、私とドライブできるようにして」


それからしばらくして、勢いよくドアが開くと、

「マスター、いつもの」と言う元気な声が響きました。

マスターが穏やかに見つめる先には、籠いっぱいのりんごを持った男性と娘さんがいます。

「これおみやげ。それと、うちの自慢の娘」

満面の笑みで言う男性の後ろに、恥ずかしそうにおじぎをする娘さんがいました。

マスターは、あいかわらずの笑みを浮かべて言いました。

「いらっしゃいませ、お待ちしておりました」

第二話　たまにはミルクもいかがですか

とある町の
とある通りの
とある大きな木の前の
小さな喫茶店で
今日もマスターはお客さんを待っています。

第三話　お二人のコーヒーカップ

とある町の
とある通りの
とある大きな木の前に
小さな喫茶店がありました。

からん、とどこか柔らかな金属の音を立ててドアが開くと、マスターはカップを磨いていた手を止めて顔を上げました。

「いらっしゃいま……」

「はぁ〜、疲れたぁ」

マスターの言葉を止めた女性は、重そうなビニールの袋を二つ、カウンターの椅子の上にどさりと乗せると、よいしょ、と少し高めの椅子に座りました。

「こんなところに喫茶店あったのねぇ、気付かなかったわぁ。あ、そりゃそうよね、こっちに買い物なんて、滅多に来ないんだから」

独り言のようにそうしゃべっていた女性は、差し出されたメニューを眺めます。

たくさんあるわねえ、と言ったその前に、ことりとお水の入ったグラスが置かれました。

「ありがとうございます、何になさいますか？」

そう言って薄い笑みを浮かべたマスターを見て、その女性は少しだけぽかんとした顔をしたあと、慌てたように言います。

「あら、ごめんなさいね。えっと……じゃあ、コーヒー……いえ、こっちを」

そう言って、女性はメニューのひとつを指さしました。それにマスターは少し嬉しそうな笑みを浮かべると、かしこまりました、とだけ答えました。


程なくして、綺麗なひすい色のカップが、女性の前に差し出されます。

若葉をイメージしたそのカップは、持ち手の部分にも小さな葉の飾りがつき、ソーサーのふちもレースのように細かな蔦が絡み合った模様です。

添えられた金のスプーンも葉っぱの形をしていて、それに女性はほぅ、と溜め息をつきました。

「素敵なカップね、それにこれ……まだあるお店があるなんて、思わなかったわ」

そう言ってそれを一口飲むと、独特の香りがふわりと広がります。

丁度いいその香りと、コーヒーの豊かな香りが混ざって、また女性はほぅ、と溜め息をつきました。

「ありがとうございます。確かに最近は、あまり見かけませんね」

「そうでしょう？　これ、昔、主人とよく行く喫茶店にあったのよ。今はもう、そのお店もなくなっちゃったけれど……。主人は、このニッキ……今はシナモンって言うのよね、これの匂いが嫌いなんだけれど、私が美味しそうに飲むからって、我慢してくれていたの。それが嬉しくってね」

「素敵なご主人ですね」

「最近は、仕事ばかりよ。一緒に出かけたのなんて、何年前になるかしら」

そう言って、女性は少しだけ寂しそうに笑います。

しかしすぐに自分の服装と、となりの椅子にどっかりと置かれたビニール袋を見つめ、苦笑いをしながら言いました。

「私も、もうすっかりおばさんですものね。お洒落してデートなんて、年でもないわ」

女性がそう言うと、マスターはビニール袋が置いてあるのとは反対の席に、鮮やかな青のカップをそっと置きます。

そこにはコーヒーが入っていて、不思議そうにそれを見つめる女性に、マスターは優しい笑みを浮かべて言いました。

「デートなら、いつでもできます。ご主人のお好きなコーヒーは、まだありますから」

その言葉に、女性が少しだけ目を見開いて言いました。

「あなたは、主人のお知り合い?」

その言葉に、マスターはいつもの笑みを浮かべて応えました。

「私は何も知りません。

もしも私が何かを知っていると感じるなら、それはお客様がだれかに何かを知ってほしい、とお望みなのでは?」

その言葉に目を見開いた女性は、そうね、と呟くと、ゆっくりとまたコーヒーを一口飲みます。それから静かに顔を上げると、マスターを見つめて言いました。

「そうかもしれないわね……少し、お話ししても大丈夫？」

その言葉に、マスターは深い笑みを浮かべて言いました。

「私でよければ、お聞かせ下さい」


からん、とどこか柔らかな金属の音を立ててドアが開くと、マスターは少しだけ目を丸くしたあと、すぐにいつもの笑みを浮かべました。

「いらっしゃいませ、素敵なショールですね」

昨日の女性が、少し深めの緑のワンピースに、柔らかそうな白いレースのショールをかけていたのです。

今日はビニール袋もなく、椅子に座るのによっこいしょ、とも言いません。そんな女性に、マスターは昨日と同じ席に冷たいお水を置きました。

「少し古い物なんだけど、娘がプレゼントしてくれたものよ。ずっとしまってあったのだけれど、大丈夫かしら」

心配そうに服やショールをあちこち触る女性に、マスターは微笑んで言いました。

「よくお似合いですよ」

「そう？　娘にも、主人とのデートのときに使ってねって言われていたから……色褪せる前に、身につけられてよかったわ」

そう言う女性の前には、独特の香りのするコーヒーが置かれます。カップは昨日と同じ、ひすい色の若葉のレリーフのものです。

そしてとなりには、形は普通ですが、とても綺麗な深い青色のカップが置かれました。

女性はそれを少しだけ目を細めて見つめたあと、ゆっくりとひすい色のカップのコーヒーを飲みました。

「うん、相変わらず美味しい。いつからこれのこと、シナモンって呼ぶようになったのかしらね、以前は、ミントもハッカって言っていたのに。

そうそう、昔ね、行きつけの喫茶店で、試作品だからただでいいからって、ミント入りのコーヒー飲まされたの。ミントって、あたためるとすごいことになるのね。あんなの、ただでも二度とごめんだわ。主人も飲まされたけれど、そのあとしばらく黙りこんじゃって……」

笑いながら話す女性に、マスターはいつもの笑みを浮かべていました。

「お母さん、最近きれいになったよね」

突然そんなことを言われて、新聞を読んでいた男性は顔を上げました。

視線の先には、エプロンをして洗いものをしている女性の背中があります。

「気のせいだろう」

「わかんないかなぁ。まあ、きれいっていうか、お洒落になったよ。この前は私のあげたショール使ってくれたし、バレッタもつけてくれた。今度新しいルージュ買おうかなって、私に売ってるところ聞いてきたもん」

「ルージュ……口紅か」

「お父さん言い方古いー、お母さんだって言ってないのに。そんなに高くないのがいいって言うから、ドラッグストアで売ってるよって教えたの。お父さんとデートのときに使うのかな？　お仕事忙しいのはわかるけど、たまにはお母さんとデートしてあげてよね」

たまには二人でご飯でも食べてきたら？

そんな娘の言葉を、男性はどこか遠くのほうで聞いた気がしました。

「あら、これもおいしい」

そう言って、女性はかためのプリンをひとさじ掬いました。マスターは、ありがとうございます、と言っていつもの笑みを向けました。

「こういった方が、雰囲気も出るかと思いまして」

「そうそう！　昔はプリンと言えばこんなかためのものが主流だったもの。今のとろける、とかやわらかプリンじゃないのよ、これなのよねえ」

そう言いながら、女性はいつものカップに入ったコーヒーを一口飲みました。独特の香りのそれを楽しむように少しだけ目を閉じたあと、またいつものようにとなりにある青いカップを、少しだけ目を細めて見つめます。

「定年になったら、いつかはまたゆっくりと思っていたのだけれど、こんな風にデートができるなんて思わなかったわ」

「予行演習、といったところでしょうか」

「そうね、でも悔しいから主人には内緒ね」

そう言って笑う女性に、マスターも穏やかな口調で言いました。

「かしこまりました。ところで、ピザトーストもありますが、いかがでしょうか？」

マスターの言葉に、女性が少しだけ目を見開いたあと、嬉しそうな笑みを浮かべて言いました。

「まあ！　そんなものまであるの？　食べたいけれど、もう少し先にしておくわ。実はね、主人がピザトースト大好物なのよ、先に食べたらすねちゃうわ。だからいただくときは、主人と一緒に食べたいの。いつになるかは、わからないけれどね」

そう言って笑った女性に、マスターはふと目を伏せると、いつもの穏やかな笑みを浮かべて言いました。

「そうですね、そのほうがよろしいですね。ですが、そんなに先のことではないかもしれませんよ?」

マスターの言葉に、女性が、え?　と不思議そうな顔をしたとき、がらん、といつもより乱暴な音がして、一人の男性が駆け込んできました。

「まあ、あなた!」

ぜいぜいと肩で息をした男性は、しばらく口をパクパクさせたあと、何かを言おうと大きく息を吸い込みます。その時、

「いらっしゃいませ、お待ちしておりました」

そう言って、マスターがいつもの笑みを浮かべてお水を女性のとなりへ置きました。それに思わず言葉を失った男性に、マスターはまた穏やかな声で言いました。

「ピザトースト、ご用意してもよろしいでしょうか?　奥様から、お好きだとお伺いしておりますので」

「……妻から?」

不思議そうに見つめる男性に、女性は少しだけ頬を染めてうなずきました。

「昔、よく行った喫茶店で、あなたいつも食べていたじゃない。夏でも汗を掻き掻き食べていて、冷たいものにすればいいのにって言ったら、喫茶店ではどうしてもこれが食べたくなるんだって言って……」

「当店では、一緒に食べられるときまで食べないと、先ほどお伺いしましたので」

まあ、と女性はまた少しだけ頬を染めます。

その言葉に、男性はびっくりした顔のまま、思わず言いました。

「最近、おしゃれして出かけてたのって……」

「この喫茶店よ。こんな素敵な雰囲気のお店に、いつもの格好で来たら、お店にもマスターにも、コーヒーにも失礼じゃない」

そう言って笑う女性の向こうに、もう一つカップが置いてあるのを見て、男性が怒ったような表情を浮かべます。

けれどマスターは、それを持ち上げると、男性のほうを見て言いました。

「すぐに新しいものをお入れ致します、少々お待ち下さい」

「え？」

「これは、お客様のカップですので」

初めて来る喫茶店でそんなことを言われて、男性は不思議そうな顔をします。それにマスターは柔らかく男性を見たあと、視線をとなりへと向けました。

「奥様は、このカップとデートなさっていらっしゃいましたから」

「カップ？」

目を見開いて女性を見つめると、少しはにかんだ笑みを浮かべて言いました。

「昔、よくこんな雰囲気のいい喫茶店を探してあちこち歩いたでしょう？　あんな風に出かけたこと、もう何年もなかったから。またいつか、二人の時間ができるまで、あなたのカップとここで待っていたのよ。

あなた、青い色が好きでしょう？　だから、そのカップにいつもあなたの分のコーヒーを入れてもらっていたの。ここでこのコーヒー飲んだら、なんかそんな気持ちになっちゃって」

「……シナモンコーヒー」

「そう、珍しいでしょう?」

そう言う男性の前に、先ほどの青いカップが静かに置かれました。

それを見つめながら、男性が呟くように言いました。

「別に青が好きなんじゃない」

「あら、ネクタイも青いものが多いから、てっきり」

「……きみの、誕生石の色だから……」

「………あ、あら…そう……」

その言葉を聞いた女性の顔が真っ赤になると、男性もそれにつられて赤くなりました。

赤い顔のまま、二人は黙ってコーヒーを飲んでいましたが、やがていい匂いがしたかと思うと、二人の間に白いお皿が置かれました。

「熱いうちに、どうぞ」

いたずらっぽい笑みを浮かべるマスターに、また二人は赤くなって目を逸らします。

でも、すぐに顔を見合わせて微笑むと、それを見て言いました。

「いただきましょうか」

「そうだね」

添えてあった赤い色の小さなびんを手にする男性に、女性は少しだけあきれたような、けれど嬉しそうな声で言いました。

「相変わらず、辛いものが好きなのね」

「若い頃ほどじゃないけど、これにはかけたくなるんだよ。きみはどうする？」

「私も相変わらず、辛いものが苦手なのよ」

そう言って笑う女性に、男性もふわりとした笑みを浮かべます。

そうして分厚いパンのピザトーストをおいしそうに食べたあと、カップを持ちながら、男性が少しだけ戸惑うように言いました。

「なあ、その……しばらく、仕事が忙しくて、いろいろすまなかった。きみのことを疎かにしていたとか、そういうのではないんだ」

「ええ、わかってますよ。体を壊さないでいてくれれば、私はそれで十分だもの」

優しくそう言う女性に、男性は真剣な顔をして言いました。

「いや、そうじゃない。あ、そう言ってくれるのは嬉しいが……。だからその、いつになるなんてはっきり言えないが、もし時間があったら、また一緒にここに来れたら、と思って……」

その言葉に一度目を見開いた女性は、すぐに嬉しそうに言いました。

「あたりまえじゃない、あなた以外に一緒に来たい人なんていないもの。無理をしないでいてくれるなら、いつだって一緒に来るわ。そうしたら、もうコーヒーカップとデートなんて、しなくていいんですもの」

その言葉に、男性も控えめに笑うと、ありがとう、と一言だけ言いました。

からん、とどこか柔らかな金属の音を立ててドアが開くと、マスターがグラスを拭いていた手を止めて、いつもの笑みを浮かべました。

「いらっしゃいませ、今日はお一人ですか？」

「いいえ、後から来るわ、本屋さんに捕まっちゃって。あのほら、緑の看板の大きな本屋さんにたまにいる店員さん。その人のすすめる本がどれもすごくおもしろいって、あの人はまっちゃったの。それでいろいろ話し込んでいて長くなりそうだから、先に来たのよ」

その言葉に、マスターは少しだけうつむいて目を閉じたあと、ああ、と言う表情で言いました。

「あの方は本屋さんではなく、出版社の方ですよ。本と人を見る目には定評がありますから」

あらそうなの？　と言う女性の前にお水が置かれますが、メニューは出されません。それに女性は何を言うこともなく、それを一口飲みました。

それから、ひすい色のカップにシナモンの香りのするコーヒーが出されると、女性は嬉しそうにそれを飲みました。

二口飲んだところで、がらんと少しだけ乱暴な音がして、大きな袋を重そうに持った男性が入ってきました。

「あら、随分と買ったのね」

「つまらなかったら責任を取って、自分が買い取るって彼が言うものだから。ついでにきみへのおすすめも何冊か買ってみたんだ、よかったら読んでくれ。いや、彼の目は素晴らしいよ、本当にいい本しか薦めないんだ」

どこか子供のように嬉しそうに話す男性に、女性はあきれたような、けれどとても嬉しそうな笑みを浮かべて言いました。

「そうね、読ませていただくわ。時間はたくさんあるんですものね」

とある町の
とある通りの
とある大きな木の前の
小さな喫茶店で
今日もマスターはお客さんを待っています。

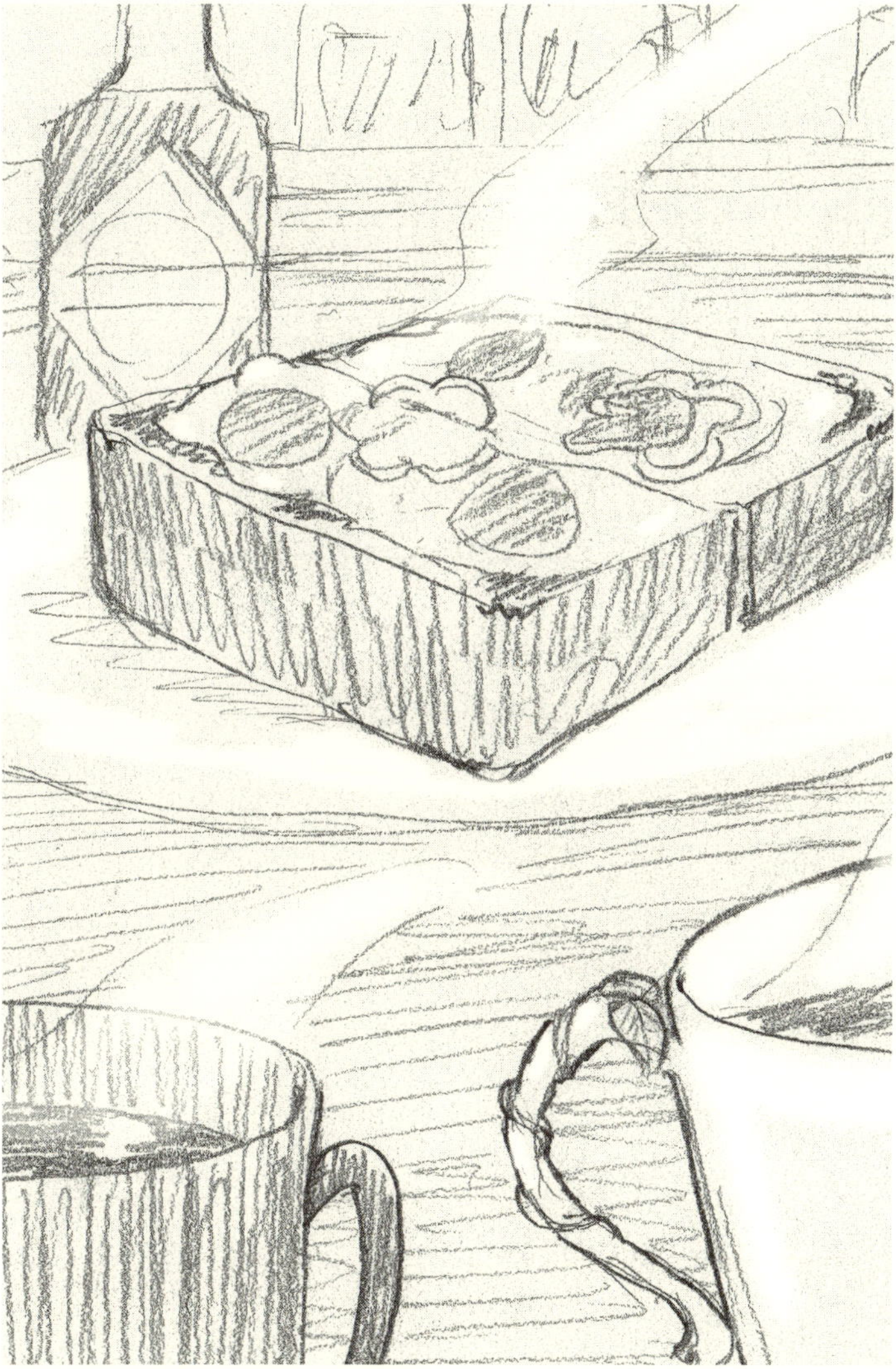

第四話

ピザには抹茶ラテでしょうか

とある町の
とある通りの
とある大きな木の前に
小さな喫茶店がありました。

静かな店内で、マスターはふと頭を上げて時計を見ます。

時間はお昼を過ぎてだいぶたった頃。

マスターは少しだけ何かを考えると、大きめのカップと緑の缶、そして竹でできた茶せんを取り出しました。


するとすぐに勢いよく扉が開き、体格のいい男性が入ってきます。

「いらっしゃいませ」と言うマスターに片手を上げて応えると、お気に入りの席に座って、マスターが差し出したお水を一口飲みました。

それからちらりとメニューを見ると、少しだけ笑って言いました。

第四話　ピザには抹茶ラテでしょうか

「やっぱり今日も抹茶ラテで」

　色々あるから他のにもチャレンジしたいんだけどさー、と言う男性に、マスターはいつもの笑みを浮かべて「かしこまりました」と返します。

　それから男性はいつも、少しだけ肩を回して出来上がりを待つのでした。

「相変わらず、繁盛なさっているようですね」

　視線を落としたままそう言うマスターに、男性はにっと笑って答えました。

「そりゃそうさ、俺はここらで一番のピザ職人だからな」

　彼はここから少し先にあるイタリアンレストランのオーナーです。自家製の生地で作る焼きたてのピザがとても美味しいと評判で、ランチタイムには行列ができるほどなのです。

　そして彼は、オーナーであると同時にそのお店のピザ職人でもありました。

　逞しい腕で生地をこね、まるで魔法のようにくるくると回して広げ、その上に色とりどりの具材をのせ、絶妙の焼き加減で作るピザは、一度食べたら忘れられないと、リピーターも多かったのです。

　そんな彼ですが、お店が一段落するとこの喫茶店に来て、必ず甘い抹茶ラテを注文します。

変なとこで日本人だよなぁ、と笑う彼に、マスターは茶せんで丁寧に泡立てた抹茶ラテを差し出します。ふんわりとしたきめの細かな泡と程よい苦味と甘味に、彼は目を閉じてそれを味わいました。

「コーヒーは一応うちでも出すんだけど、やっぱこっちのが美味いんだろうね」

そう言うと、マスターは少し困ったような笑みを浮かべました。

「どうでしょう。そちらはそちらの味がありますから」

その言葉に、彼はうんうんと頷きました。

「そうだよな、それぞれ畑があるもんなぁ」

それからふと、彼は視線を落として言いました。

「俺と兄貴も、まるっきり畑違いだもんなぁ」

その言葉に、マスターはいつもの笑みを浮かべただけでした。

翌日、また彼がお店にやってきました。しかしいつもと様子が違います。

「いらっしゃいませ」の声にもむっとした顔で片手を上げて応えると、差し出されたお水を一気に飲み干してしまいます。

そんな様子に、マスターは変わらない笑みを浮かべると、緑色の缶を見せて優しい口調で言いました。

「抹茶ラテでよろしいですか？」

マスターの穏やかな声に、彼は一つ深呼吸をすると、入ってきてから一度も見なかったマスターの顔を見て言いました。

「それで頼むよ。悪いな、イライラしてて」

マスターはいつもの笑みを浮かべて、ことさら穏やかに言いました。

「そういう時もありますよ」

その言葉と、いつもと変わりない手つきにほっとしたのか、彼はまるで子供のような口ぶりで言いました。

「さっき、俺の店に兄貴が来やがったんだ。兄貴はこの先の、あのでっかい病院で医者やってるんだ。昔からできがよくて、親も兄貴ばっかり可愛がってたせいか、俺はずっと兄貴に馬鹿にされてた。

だから、俺はどうしても兄貴とは違うこと、兄貴には絶対にできないことをしたかったんだ」

そう言う彼に、マスターは抹茶ラテを差し出して言いました。

「それが、一流のピザ職人なんですね」

その言葉に、彼は得意そうに言いました。

「そうさ、あいつには逆立ちしたってできやしないことだからな。それがあいつ、いきなり店に来て、ランチ食ったと思ったら、明日までにここに書いてあるピザを作って届けろとか言うんだ。この辺りで一番のピザ職人なら、当然できるだろうとか言いやがって」

そう言って彼は折り畳んだ紙をマスターに見せました。マスターはそれを受け取りながら、相変わらずの笑みを浮かべて尋ねます。

「それで、お受けになったんですか？」

「そこまで言われて断ったら男がすたるからな。うんと美味いピザ作って、ぎゃふんと言わせてやるんだ」

その言葉に少し苦笑を浮かべたマスターが、その紙を見て少し目を伏せました。

「けど、そんなもん、一体誰が食べるんだろうなぁ」

「それは、きっと……」

マスターが呟いた言葉は、とても小さくて、彼の耳には届きませんでした。


その翌日、彼がまたお店にやってきました。今日は平たい箱を持っている彼は、またいつもと様子が違います。

「いらっしゃいませ」の言葉に片手を上げて応えることも、差し出された冷たいお水を飲むことも、メニューを見ることもなくうつむいていつもの席に座りました。

マスターは何も言わず、いつもの缶を開けました。茶せんが心地よい音を立て始めたとき、彼が呟くように言いました。

「病院、行ってきた」

ぽつりとつぶやくようなそれに、マスターはいつもの穏やかな声で言いました。

「患者さんは、喜んでくれましたか?」

その言葉に、彼はびっくりして顔を上げました。

「マスターはこの話、誰かから聞いたのかい?」

マスターは、いつもの笑みを静かに彼に向けます。


「私は何も知りません。

私が何かを知っていると感じるなら
それはお客様が、誰かに何かを知ってほしい、とお望みなのでは?」

その言葉にまた驚いた彼は、それから顔を伏せると、少しだけしどろもどろに言いました。

「そ、そうかな……そうなのかもな」

マスターは静かに抹茶ラテを差し出すと、変わらない口調で言いました。

「私で良ければ、お聞かせ下さい」

焼きたてのピザの箱を保温バッグに入れて、彼は病院を訪れました。大きな自動ドアが開くと、すぐに彼の兄が待っています。白い服と、医者らしい厳しい表情に少し気圧されながら、彼はぶっきらぼうにそれを差し出しました。

「ほらよ、ご注文の品だ。ちゃんと注文通りに作ったぜ、ありがたく食べろよ」

けれど彼の兄はそれを受け取ることもなく、こっちだ、とだけ言って歩いていってしまいます。

彼はそれにムッとしますが、仕方なく後をついて行きました。

すれちがう看護師たちに頭を下げられても、彼の兄はただ長い廊下を歩くだけです。何も言わない兄にいらだちはじめた彼は、わざと聞こえるようにぼやきます。

「ったく、新しい窯で最初に焼いたピザだってのにな」

するど先に歩いていた彼の兄は、ほんの少し振り向いて言いました。

「知ってるさ、そんなこと」

え？　と彼が聞き返すと同時に、前を歩いていた背中が止まり、慣れた手つきでドアをノックすると、すぐに中に入ってしまいます。

彼も慌てて中に入ると、小さな女の子がベッドに座っていて、そのとなりに少しおなかの膨らんだ、お母さんらしき女性が椅子に腰掛けていました。

「こんにちは、具合はどう？　食欲はあるかい？」

彼の兄は、彼に向けるのと違う、とても優しい声でそう尋ねます。少し顔色の悪いその女の子は、細い首を少しだけかしげて言いました。

「朝ごはん食べたから、まだおなかすいてなくて……」

半分も食べなかったのに、と言う女性の言葉に苦笑いした彼の兄は、そこでようやく彼を手招きして呼び寄せます。

「じゃあ、これも食べられないかな？　彼はね、この辺りで一番、これを作るのが上手なんだよ」

そう言って、彼から受け取った箱を目の前で開けて見せました。

目を見開いて固まった女の子は、信じられないと言う顔で彼の兄を見つめます。側にいた女性も、驚いて言葉も出ないようです。

そうして何度かピザと兄の顔を見た女の子は、おそるおそるといった風に尋ねました。

「これ……食べていいの？」

その言葉に、彼の兄は嬉しそうに笑って言いました。

「食欲があるなら、いくらでもどうぞ。これは、きみが食べちゃいけないものは何も入っていないよ。あの一流のピザ職人が、きみのために焼いてくれたものだからね」

彼の兄にそう言われた女の子は、少しだけ涙を浮かべ、けれどとても嬉しそうに笑って、彼にありがとう、と言いました。

それから女の子は、お母さんにひとつね、と言って一切れのピザを取り分けると、自分も本当に嬉しそうにピザを頬張りました。

その様子を言葉もなく見つめていた彼のとなりに来た兄は、静かに言いました。

「あの子は生まれつきの病気で、何度も入院していて、近いうちに手術をすることになっている。ずっと薬も飲んでいて、そのせいで食べられないものも多くて、今まで一度もピザを食べたことがなかったんだ」

じゃあれって……と言う彼に、彼の兄は少しだけ笑って言いました。

「巻き込んでしまってすまない。お前の店に新しい窯が入るって知って、いても立ってもいられなくなった。お前の店のピザは、うちの患者家族や職員の間でも大評判で、あの子とお母さんも、一度食べてみたいって言っていたからな」

美味しそうにピザを食べ終えた女の子に、また作ってくるからなと約束をして、彼と彼の兄は病室を後にしました。

こんなこととは思わなかった彼はとても嬉しかったのですが、なんとなくそれを兄に伝えるのが悔しくて、わざと素っ気なくとなりを歩く兄に言いました。

「こういうことなら言ってくれてもよかっただろ。そしたらいくらでも協力したのに。まあこれで、兄貴のサプライズは成功したってことになるよな」

すると、突然、彼の兄が足を止めました。

何だろうと思う視線の先で、厳しい顔をしたままその人ははっきり言いました。

「いや、まだ成功していない」

どういうことだと問い詰める彼に、ひどく静かな声で彼の兄は言いました。

「あの子の母親のおなかに気付いたろう？　妊娠しているんだ。来年にはおねえちゃんになるんだから、ちゃんと治さないとって言った俺に、あの子は少しだけ笑って言ったんだ。『新しい赤ちゃん生まれるから、私、死んじゃってもいいね』って。

　これから赤ん坊が生まれて大変になる母親に、もう自分の看病をさせたくないから、もう一人子供が生まれれば、自分がいなくても寂しくないから、だから手術が成功しなくていいと、あの子は俺に向かって、そう言うんだ」

　そうして、彼の兄は悔しそうに手を握りしめて言いました。

「俺は医者として、あの子の手術は絶対に成功させる自信がある。でも、俺にできることはそこまでなんだ」

　それから、彼の兄は空になった箱を見つめて、少しだけ笑みを浮かべました。

「一度でいいから食べてみたいって言っていたピザを食べさせたら、少しでも『生きたい』と思ってくれるかと思ったんだ。あの子がそう思わなければ、何も成功したことにならないだろ」

その言葉に、彼は何も返すことができませんでした。

「兄貴にできないことを、なんて言ってたのに、兄弟そろって役立たずだよ。考えてみりゃあ、兄貴にできないことをやろうなんてのが、そもそも間違いだったのかもしれないよな」

元気のない声で、らしくないことを言う彼に、マスターは黙って小さな銀色の缶を差し出しました。

不思議そうに見つめる彼に、マスターはいつもの笑みを浮かべて言いました。

「今年のアップルティーは出来がとてもいいんです。今度はこれに合うピザなど、お持ちしてはどうですか？」

「紅茶に合うピザなんて、デザートピザくらいしか……」

そう言うと、彼は何かに気付いてマスターを見つめます。

マスターはいつもの笑みを浮かべて言いました。

「一流のピザ職人なら、できますよね」

翌日、彼はまた平たい箱を持って病院を訪れました。

出迎えた彼の兄は、なぜか甘い匂いのするそれに怪訝そうな顔をしましたが、何も言わずにあの女の子の病室へと案内しました。

突然の訪問に目を丸くする女の子に挨拶をすると、彼はマスターがくれたものをお母さんに差し出しました。

「すみませんが、入れてあげて下さい。これに合うピザを持ってきたんで」

食事の時間でもないそれに、女の子は戸惑います。けれど彼は突然平らな箱を女の子に差し出して言いました。

「これ、開けてみてくれないか？　そして気に入ったら食べてほしい。残してもいい、食べられるだけでいいから」

そう言われて、女の子はそっとその箱を開けました。

ふわりと漂うのはピザとは思えない甘い香りです。けれどどう見ても丸いピザのそれに、女の子はびっくりして彼を見ました。

「初めて見ただろ？　デザートピザっていうんだ。このオレンジとメープルシロップはなかなか評判がいいし、きみが食べても大丈夫だって兄貴に聞いたから持ってきた。さあ、食べてみてくれ」

そう言われて、女の子はおそるおそる食べてみます。

程よい甘味とオレンジの酸味、少しバターの風味のする生地がとてもあっていました。

「美味しい……」

思わずそう呟いた女の子に、彼は嬉しそうに笑います。

それからその側に膝をつき、女の子の目を真っ直ぐに見て懸命に言いました。

「うちの店はピザの他にも包み焼きのカルツォーネとかパスタもあるし、ティラミスもジェラートも自家製だ。

兄貴に聞いたら、治ればだいたいのものは食べられるようになるって。だから、ちゃんと治して、俺の店に来てくれ。きみの退院祝いは、俺の店で盛大にやりたいんだ。きみが今まで見たこともないようなピザ、山ほど焼くから」

その言葉に、女の子は目を丸くして言いました。

「どうして？　だって、私は……おじさん、関係ないのに」

「関係なくないよ」

そう言うと、彼は少しだけ後ろを振り向いて、その様子を見守っている彼の兄を見つめて言いました。

「俺と兄貴は、とくべつ喧嘩したこともないけど、仲良くしたこともなかった。いても話もしないし、きっとお互いにどうでもいいものなんだって、そう思ってた。でも、きみのことで、兄貴が初めて俺を頼ってくれてすごく嬉しかった」

それにさ、と彼は少しはにかんだ笑みを浮かべて言いました。

「きみのためのピザを焼いたあの日、俺の店に新しいピザ窯が入ったんだ。俺はそのこと、嬉しくて店のホームページに書いちゃってさ。そしたら、兄貴がそれを見て、その日を狙って頼みにきたらしいんだ。新しい窯なら、きみが食べちゃいけないものが入らないからって。初ピザ焼くぞ！　って書いたの、つい最近なんだけどさ……。兄貴、ちゃんと俺の店のこと、気にかけてくれたんだ」

その言葉に、後ろで聞いていた彼の兄は気まずそうに視線を逸らしました。

「兄貴は、病院の中でも俺の店を紹介してくれてたらしい。俺のことを弟とは言わないで、ただ美味しいピザ屋があるって。

何年も口をきいてなかったし、店出したことも言ってなかったのにさ……。

兄弟って、すごくいいもんだよ」

なあ兄貴、と言う彼に、彼の兄は少しだけ視線を逸らしたまま、そうだな、とそっけなく返します。

それを見て、女の子は少しだけ寂しそうに笑って言いました。

「あんなにすごいお医者様と、こんなにすごいピザ屋さんだもん。でも、私は……」

「そうだな、兄弟というのは、わるくはないな」

女の子の言葉を遮るように彼の兄が言うと、彼のとなりに並びます。

そして、女の子の瞳を真っ直ぐに見つめて、はっきりと言いました。

「僕一人だったら、きみの手術を成功させて、それでおわりだった。でもそれは、きみを本当に助けたことにはならない。病気を治しても、きみが生きたいと思わなければ、全部意味がないんだ。

　僕がここまでできたのは、弟がいたからだ。こいつがいなかったら、僕は何もできなかった。兄弟は、いたほうがいいと、僕も思うよ」

　その言葉に、女の子の目に涙が溜まります。

　そうして、少しだけ震える声で、訴えるように言いました。

「でも、私は入院ばっかりして、お母さんに迷惑かけて……。こんな病気してるお姉ちゃんなんて、きっと何もしてあげられなくて……」

「そんなことないわよ！」

　がちゃんと音がして、女の子のお母さんは、ティーカップの載ったお盆を少し乱暴に置きました。

　そして女の子の手を取ると、強く握り締めながら言いました。

「あなたは、辛い治療や手術も頑張れる、立派なお姉ちゃんよ。家ではおなかの赤ちゃんにいつも言っているもの。あなたのお姉ちゃんは、病気になんて負けない、強いお姉ちゃんよって」

お母さんの言葉に、女の子の目からポロポロと涙がこぼれました。

「わたし……なれるかな。赤ちゃんのお姉ちゃんに、なっても大丈夫かな」

その言葉に、彼は優しく頭をなでて言いました。

「大丈夫、なれるよ」

彼の兄も、女の子の肩に触れて言いました。

「そうだよ、弟や妹がいれば、自然となってしまうものだから」

この言葉に、女の子は涙を浮かべたまま笑うと、お母さんのおなかにそっと触れて言いました。

「お姉ちゃんです、よろしくね」


カウンターに座る男性が、うつむいたままマスターに頭を下げました。

そのマスターも、いつもの笑みを浮かべずに溜め息をつきます。その様子に、カウンターの男性が重苦しい声で言いました。

「すまない、こんなことになってしまって。もう少し、うまくいくと思っていたんだが」

「どうにかならないものでしょうか？」

「ああなってしまっては僕でも手のほどこしようがない、諦めてくれ」

「ですが、限度と言うものが……」

珍しく困り果てた様子のマスターに、彼は白い大きめの封筒のようなものを差し出しました。

「僕にできるせめてものことだ、お詫びにもならないが……」

そう言って差し出されたそれを受け取ると、マスターはまた溜め息をつきました。


それから程なくして、勢いよく扉が開き、体格のいい男性が入ってきます。

「いらっしゃいませ」と言うマスターに片手を上げて応えると、お気に入りの席に座って、マスターが差し出したお水を一口飲みました。

それからメニューすら見ずに「抹茶ラテ」と言うと、平たい箱を差し出しました。

「ほらこれ、新作のりんごとカスタードのピザ、今できたばっかのあつあつだ。早く食べて、感想聞かせてくれよ。あんたの舌は確かだからな」

そう言って蓋を開けると、ふわりと美味しそうな匂いが漂います。

しかしマスターは少しだけ顔色を悪くしてそっとおなかをさすると、それでもどうにか笑みを浮かべて言いました。

「あ、ありがとうございます。とても美味しそうですね」

「そうさ、あの子がカスタードクリームが好きだって言うから研究してんだ。でもさっきの、バジルとサーモンとほうれん草のピザも美味かったろ?」

「ええとても。ですが前のピザもその前も、美味しすぎてたくさん頂いてしまって……」

「そうだろ! あの子の好きなもの、最近また増えたって兄貴も言ってたしな。まだまだたくさん作って持ってくるから、味見頼むぜ」

その言葉に、マスターは溜め息をつくと、先ほどの男性からもらった封筒を開けました。

「あれ? それ兄貴んとこの薬?」

「ええ、先ほどいらして下さったんです。よく効くんですよ」
特に食べ過ぎには、そう思いながら、マスターは苦笑を浮かべました。

とある町の
とある通りの
とある大きな木の前の
小さな喫茶店で
今日もマスターはお客さんを待っています。

第五話　本とコーヒーとあの人と

とある町の
とある通りの
とある大きな木の前に
小さな喫茶店がありました。

ある日、そこに一人の青年がやってきました。

青年はスーツを着ていて、少し疲れたような足取りでカウンターの椅子に座ると、コーヒー、とだけ注文しました。

マスターはお水を出して、かしこまりました、とだけ言うと、いつもの流れるような手つきでコーヒーを入れます。

それをぼんやりと見つめていた青年は、少しだけ溜め息をつきました。

ふととなりを見ると、なぜかカウンターに本が一冊置いてあります。

となりのとなりあたりの席にぽつんと置かれたそれを、青年は忘れ物だと思い、軽くパラパラとめくりました。

「お待たせ致しました、オリジナルブレンドです。その本は、もうすぐいらっしゃるお客様のものですよ」

その言葉に、青年はつまらなそうにその手を離しました。それからコーヒーを一口飲むと、その美味しさに少しだけ肩の力が抜けました。

「忘れ物なんですか？」

カップを持ったまま、青年が尋ねました。するとマスターは、いつもの笑みを浮かべて言いました。

「いえ、ここで読むための本です」

不思議そうに見返す青年に、マスターは穏やかな笑みを向けました。


しばらくして、一人の年配の男性が入ってきました。

「やあマスター、また寄らせてもらったよ」

その言葉に、マスターは笑みを浮かべて言いました。

「いらっしゃいませ、お待ちしておりました」

その言葉を聞きながら、男性は文庫本のある席へと座ります。そうしてコーヒーを注文すると、紙袋を差し出して言いました。

「次のも、よろしくお願いするよ。もうすぐこれも読み終わりそうだからね」

そう言って渡された袋には、青年もよく知る緑のロゴが入っていました。このあたりで一番大きな書店のそれに、青年は思わずじっと見つめてしまいます。

そんな視線の先で、マスターは驚くこともなくそれを受け取りました。

「かしこまりました。次は時代小説ですか。その前の本はどうなさいますか？」

カバーがかかっている本の内容を言い当てるマスターに、青年は驚きます。しかし男性はそうだなあ、と呟くだけです。

「内容は良かったんだけど、ちょっと表現が女性的でね。僕には合わないから、できればどちらかに」

「……何やってるんですか？」

とうてい喫茶店のお客さんとマスターらしからぬ会話に、とうとう青年がそう尋ねました。その言葉に少し首をかしげた男性は、手元の本を見て、ああと言いました。

「これですか？　これは僕が買った本なのですが、いつもここで読むことにしてるんです。なので、マスターに頼んで置かせてもらっているんですよ。ほら、あそこ」

そう言って指さしたのは、マスターの後ろにあるたくさんの棚の一角です。そこには、いろんな色のカバーのかかった何冊もの本が、小さな仕切りの紙を挟んで並んでいました。

「あそこにあるのが僕の本です。あの仕切りの向こうがこれから読む本、手前が、もう読み終わったものです」

「読み終わった本も、置いていくんですか？」

そう尋ねる青年に、男性は少しだけ笑って言いました。

「あの本は、僕には合わなかった本なんですよ。なので、どなたか合う方がこのお店にいらしたときに、差し上げて下さいと、そうマスターにお願いしてある本なんです」

その言葉に、青年はなぜかムッとしたような顔をして言いました。

「そんなことしなくても、古本屋とかオークションとかで売ればいいじゃないですか」

すると男性は、少しだけ寂しそうに言いました。

「僕の見る目がなくて、楽しく読んであげられなかった本ですからね。できれば楽しく読んでくれる人のところへ、行かせてあげたいんですよ。本には、書いた人、作った人の思いがありますからねぇ」

そう言うと、男性はマスターを見て笑みを浮かべて言いました。

「マスターは、人を見る目があるからね」

マスターはふわりと笑って、ありがとうございます、と言いました。

それから、流れるような手つきで男性にコーヒーを差し出します。

「どうぞ、先日推理小説をお譲りしたお客様からです。とても面白かったので、続きを購入されたそうですよ」

その言葉に、男性は嬉しそうに笑うと、そのコーヒーを味わうように一口飲んでから、その余韻を楽しむように、ゆったりと言いました。

「ほらね、マスターに頼めば、間違いはないんですよ。それにたまに、こんな風に本がコーヒーに化けることもありますから。いや、化けコーヒーは格別に美味しいです」

そう言って笑う男性に、青年はなぜかますますムッとした顔をします。

それから、手元のスマートフォンを見て、ふいに言いました。

「それなら、電子書籍にすればいいじゃないですか」

その言葉に、男性が目を丸くして青年の顔を見つめます。それに気を良くしたのか、青年はその画面を見せて言いました。

「タブレット端末を買って、電子書籍にすればいいんですよ。そうしたらわざわざこのお店に来なくても、どこでもなんでも読めますし、気に入らなかったら簡単に消せます。内容にしても、無料で試し読みして、つまらなかったら読まなきゃいい。わざわざマスターの手を煩わせることもない。何冊持っていても軽いし、一番いい方法じゃないですか」

まくし立てるように話す青年に、しばらく呆気にとられていた男性は、けれどすぐに笑みを浮かべて、ゆっくりと頭を振りました。

「いや、僕は本がいいんです。確かに電子書籍は便利だとは思います。けれど、本には本にしかできないことがあるんですよ」

その言葉に、青年はわざとらしく溜め息をつくと、顔をそむけて言いました。

「そうですか、それならそう思っていればいいじゃないですか。せいぜい電池切れがないことくらいしか、俺には思いつきませんが」

その言葉に、男性はふとその棚に目をやると、マスターに静かに言いました。

「その棚の、藍色のカバーの本を下さい」

そうしてマスターから受け取った本を、青年に差し出しながら言いました。

「そう思うなら、ためしにこの本を読んでみて下さい。ねえマスター、彼にならこの本がいいと思うのだけど、きみはどうかな?」

その言葉に、マスターは少しだけ目を伏せると、すぐに穏やかな笑みを浮かべました。

「はい、とても合うと思います」

その言葉に、男性は満足そうにうなずきます。

「マスターのお墨付きが出たなら、間違いはないですよ。騙されたと思って、この本を読んで下さい」

そう言って差し出されたそれを、青年は渋々受け取りました。するとすぐに、男性は笑みを浮かべて言いました。

「ただし、読むのはこのお店の中でだけ、持ち出し禁止です」

「え！　何ですかそれ！」

その言葉に、青年は思わず声を上げます。しかし男性は、いたずらっぽく笑って言いました。

「そうしないと、結果が分からないじゃないですか。もしもきみがそれを読んで何も思わなかったら、僕は電子書籍を買うことにします。

もしきみが何か思ったら、それを僕に聞かせて下さい。本好きなら、そのくらいできるでしょう?」

その言葉に、青年は驚きを隠せませんでした。

そんな青年に、男性はまた子供のような笑みを浮かべます。

「きみがそれを読み終わったら、僕がそれを分かった理由も説明しますよ。どれだけ時間がかかってもいいです。読みたくなったときにここに来て、そして読んで下さい」

男性は、それだけ言うと、静かに自分の本を開きました。

それから、青年は何度もその喫茶店へ来るようになりました。最初は仕方なく、という感じだったのですが、読み進めていくうちに止まらなくなって、引き込まれていきました。

けれど、青年はふとあることに気が付きました。仕事が忙しいときや、疲れているときは思い出さないのに、ふと時間が空くと、あの藍色のカバーが頭の隅を過ぎります。するといつの間にか足があの喫茶店に向かい、気が付くと美味しいコーヒーを飲み干した後に、読みふける自分がいるのです。

そうして、ずいぶん時間が経った頃、青年はようやく最後のページを読み終わりました。その余韻にぼんやりとしていると、かちゃん、という静かな音が響きました。手元を見ると、あつあつの新しいコーヒーが差し出されています。

「その方から、お礼だそうですよ」

不思議に思いながら、青年はそれに口を付けました。

いつものコーヒーなのに、いつもよりも美味しく感じられるそれに、青年は思わず笑みを浮かべました。

「やっぱり、本のほうがお好きなんでしょう？」

その言葉に、青年は驚いて言いました。

「俺のことを知ってるんですか？」

その言葉に、マスターは穏やかな笑みを浮かべて言いました。


「私は何も知りません。

私が何かを知っていると感じるなら
それはお客様が、だれかに何かを知ってほしい、とお望みなのでは？」

その言葉を呆然と聞いていた青年は、少しだけ笑って言いました。

「マスターは、どこかの小説に出てくる人みたいです。何か知ってそうで、でも知らないっていう。

話、聞いてもらっていいですか」

「私で良ければ、お聞かせ下さい」

マスターはいつもの笑みを浮かべて言いました。


「俺は本が好きで、頑張って出版社に入りました。とにかく少しでもたくさんの人に本を読んでほしくて、もっとたくさんいい本を作りたくて、ずっと頑張ってきたんです。

でも、最近の本離れで、うちの会社でも電子版を出すことになりました。その中でも結構重要な仕事が、俺に任されそうなんです。上司や同僚は出世だのなんだのって言ってくれますが、俺は、本にかかわる仕事がしたいんです。

あの人に会ったとき、すごく本を大切にしているんだっていうのが分かって、それを普通に、自然にできるのが羨ましくて、書いた人や作った人のことまで考えてくれているのが嬉しくて、でももうすぐ、そんな風に思えなくなるのが悔しくて、あんな言い方をしてしまいました。

あの人がすすめてくれた本は、本当にいい本です。読みすぎて寝不足になる本もいい本ですが、こんな風に、時間が合ったら読みにおいでって、声をかけてくれるような、そんな優しい本に会ったのは初めてです。

あの人に、どうしてもお礼が言いたい。彼は、今度いつ来るんですか？」

その言葉に、マスターは少しだけ目を伏せました。

「あの方は、この先の病院に入院されています。もともとここにいらしたのも、通院の途中だったからなんですよ」

そう言って、マスターはその視線を藍色の本へと向けました。

青年はそれに気付いて、そっと本のカバーを外します。藍色のカバーと、本のカバーに隠れた、裏表紙のその裏に、綺麗な文字が青いインクで書かれていました。

『最後まで読んでくれてありがとう。

この本は、きみにプレゼントします。

きみにとって、大切な一冊になりますように』

それを見た青年は、それをつかむとすぐにお店を出て行きました。

トントン、と遠慮がちなノックの音に、男性は本から視線を上げると、どうぞ、と声をかけました。

すると、恥ずかしそうにしたあの青年が、小さな花束を持って入ってきました。

「まさか、来てくれるとは思いませんでしたよ」

驚いた男性は、それでもにこやかに彼を迎えました。青年は恥ずかしそうに頭を下げると、そのベッドに近付きました。

「感想を聞かせてほしいって、言ったじゃないですか」

その言葉に、男性は少しだけ目を丸くすると、すぐに穏やかな笑みを浮かべて言いました。

「それで、どうでしたか」

「とても、いい本でした」

その一言に、男性は満足そうにうなずくと、嬉しそうに言いました。

「そうですか、それは良かった。どうもありがとう」

「……それだけで、いいんですか？」

もっといろいろ聞かれると思っていた青年は、思わずそう尋ねます。けれど男性は、自分の手元にあった本をなでて言いました。

「おもしろかった、といえる本はたくさんあります。でも、いい本だった、といえる本は意外に少ないんです。

きみが『おもしろい』ではなく『いい』と言ってくれたのは、僕にとって最高の賛辞なんです」

きっと、あの本にとってもね、と言って男性は目を伏せました。

「マスターから、僕のことを聞きましたか？」

「通院の途中、ということだけは」

そう言うと、男性は手元の本をサイドテーブルに置いて、静かに言いました。

「僕の病気は、ちょっと厄介なんですよ。治すことはできないけれど、悪くしないことはできる、そういうものでしてね。その治療のために、週に二回ほど、ここに通っていたんです。

一昨年、妻が亡くなったときは、僕はもう通院をやめようと思った。治療も苦痛だし、なによりそんなに生きていても仕方がないと思ったんです。子供は独り立ちして、僕の仕事を継いでくれて、ずいぶん手広くやっています。だから、もういいやって、そんな気持ちのときにあの喫茶店に入ったんです。

初めて入ったあのお店に、僕は本を忘れてきてしまったんです。今から思えば、僕が本を忘れたのは、後にも先にもあの一度きりだ。翌日取りにいった僕に、マスターはこう言ったんですよ。

『奥様から、お預かりしていました』って。

僕はびっくりして、それからいろんな話をして、通院の帰りに、あそこで本を読むことにしたんです。まだ読んでいない本をあのお店に置いて、そのついでに病院に寄る。いやな治療を我慢したご褒美に、美味しいコーヒーと、いい雰囲気の中の読書がある、そう思えば、通院できますからね。……いい年をした大人が、子供みたいですけれどね」

そう言って笑う男性につられて、青年も笑みがこぼれました。

「きみへのあの伝言も、僕が通院を続けられたのも、どちらも本にしかできないことだと、そうは思いませんか？」

その言葉に、青年ははっとして、先ほど男性が読んでいた本を見つめました。

「本と人は、人と人との出会いに似ていると僕は思うんです。表紙だけでは、中身が面白いのかつまらないのか、自分に合うか合わないか、そんなの何一つ分からないままです。手にとって開いてみる勇気がなければ、ただそこにあるだけ、なんですから」

「つまらなかったり、合わなかったりしたら、どうするんですか？」

すると男性は、また笑って言いました。

「どうもしませんよ、ただ合わなかった、それだけです。でも、本にも合う人がいると思うから、僕はマスターにお願いするんです。この年になっても、なかなか本を見る目は付かないんですよ」

本職なんですけどね、と言って男性は笑います。その言葉に、青年は不思議そうに男性を見ました。

「本職？」

「僕は、古書店をやっていますから。だから、きみが本好きだということも分かったんです。僕がマスターに本を預けて、処分してくれとも取れる言葉を、きみは聞き流せなかったんでしょう?」

そう言うと、男性はその本を手にとって言いました。

「本が僕の命をつないでくれて、きみと僕をつないでくれた。本でなければ、きみがここに来てくれることはなかった。

今でもきみは、僕に電子書籍をすすめますか?」

その言葉に、青年は黙って首を横に振りました。

その言葉に、男性は少しだけ居住まいを正して言いました。

「思い直してくれてありがとう。これで僕も、またあの喫茶店に行く気力が湧いてきました。本当は、物語としては、きみがあの伝言に気付いたときには、僕はもうこの世にいなかった、というほうがいいような気もしていたんです」

ありがちかもしれませんが、と笑う男性に、青年はうつむくと、軽く唇をかみ締めました。

「……だめですよ、そんなの」

絞りだしたような声に、男性は青年を見つめます。

すると勢いよく顔を上げた青年が、身を乗り出して言いました。

「俺がもっと、いい本をたくさん作ります。あなたがいつまでたっても読み終われないくらい、たくさんの本を。

だから、あなたはずっと、あの喫茶店で読んでいて下さい。俺が作った本を」

そう青年が言うと、男性はほんの少しだけ涙を滲ませて、しっかりと言いました。

「はい、たくさん、たくさん読ませて下さい。きみの作った、僕がだれにも譲りたくなくなるような本を」


「本シェルジュ、ですか?」

珍しくマスターが目を丸くしてそう言うと、青年は得意げにうなずき、そうしてとなりの席に置いてある、二重の紙袋を見つめました。

さっきまでずっしりと重かったそれには、今は折り紙やカラフルな封筒、キャンディやクッキーの小袋、はたまたみかんにおせんべいと、いろんなものがたくさん入っていました。

「あの人は、本あきんどでもいいって言ってましたけど、俺がもう少しかっこいいのにしてくれって言ったんですよ。そうしたら、小児病棟のお母さんがつけてくれたんです。コンシェルジュをもじって、本シェルジュって」

そう言って取り出した、可愛らしいピンク色のカードには、『本シェルジュのおじさん、おもしろい本をありがとう』と、まるい文字で書かれています。

青年は、それを見て苦笑いしました。

「おじさんっていうのは、何度訂正してもなおらないんですよ。まあ、あの子たちから見れば大人なんで、仕方ないんですけどね」

そう言って笑う青年に、最初にここに来たような色はもう無くて、マスターはそれに嬉しそうな笑みを向けると、入れたてのコーヒーを差し出しました。

「でも、素敵な称号ですね」

その言葉に、はにかんだような笑みを浮かべて、青年が言いました。

「あの人とセットでそう呼ばれるのは、ちょっと恥ずかしいんですけどね。まさかあの人が、指折りの古書研究家なんて知りませんでしたから」

「そう言えば、あの方の退院も、もうすぐでしたね」

その言葉に、青年はとなりのとなりの席に視線を向けました。

「はい、そうしたらまた、ここに来るそうです。マスターによろしくって言ってました。これから通院が以前ほど苦ではなくなるけれど、ここに通うのをやめるつもりはさらさらないって言ってましたから」

その言葉に、マスターも嬉しそうに笑いました。

すると青年の手元のスマートフォンが震え、メールの着信を知らせます。青年はすぐにそれを開くと、また苦笑して言いました。

「あの人からの追加注文です、また次も荷物が重くなりそうだ」

そう言って、まだ入院中の男性からのメールをマスターに見せました。

そこにはたくさんの本のタイトルが並んでいます。男性がその人に合いそうな本を教え、青年が本を届け、気に入ったら買ってもらう。

あの紙袋の中身は、そのお礼にとたくさんの患者さん達から贈られたものだったのです。

「通院ついでに、本シェルジュもなさるおつもりなんですね」

「はい、俺も通院じゃないですけど、あの病院にはまだまだ通わないといけないみたいですから。あの人も俺も、ここにも通わせてもらいますよ」

そう言うと、マスターはいつもの穏やかな笑みで言いました。

「はい、いつでもお待ちしております」

とある町の
とある通りの
とある大きな木の前の
小さな喫茶店で
今日もマスターはお客さんを待っています。

著者プロフィール

はとば ゆき・文

1974年 6月14日生まれ。神奈川県在住。
三姉妹の長女でJUNの実の姉。
M、Mママさん、I川さん、M下さん、
まめちとぴな
みんな本当にありがとう。

JUN・絵

1977年 1月 8日ヨコハマ生まれ。
神奈川工業高校デザイン科卒。
埼玉県在住、5児の母。
愛こそすべて。
似顔絵工房JUN　http://nigaoejun.base.ec

とある一杯の物語

2018年 4月15日　初版第 1 刷発行

文　はとば ゆき
絵　JUN
発行者　瓜谷 綱延
発行所　株式会社文芸社
〒160-0022　東京都新宿区新宿1－10－1
電話　03-5369-3060（代表）
03-5369-2299（販売）

印刷所　株式会社フクイン

ISBN978-4-286-19300-7